Jean de Florette

FichesdeLecture.com

JEAN DE FLORETTE (FICHE DE LECTURE)   **4**

Jean de Florette
(Fiche de lecture)

I. INTRODUCTION

L'auteur

Marcel Pagnol est un écrivain, dramaturge et cinéaste né en 1895 à et mort en 1974 à Paris. Enfant, il est marqué par la personnalité de son grand-père paternel qui avait l'amour de la pierre, mais était persuadé que seule l'instruction apporte le bonheur dans la vie. Tous ses fils sont entrés dans l'enseignement. Joseph, le père de Marcel épousa Augustine, une couturière puis il fut nommé à Aubagne où la petite famille resta trois ans.

Le petit Marcel est très doué pour son âge. Il restait parfois dans la classe paternelle quand sa mère allait au marché, il apprend à lire et à écrire tout seul. En 1905, reçu second à l'examen des bourses, il entra au lycée Thiers où il fit de brillantes études.

L'auteur devient célèbre avec « Marius », pièce représentée au théâtre en mars 1929. Il crée en 1934 sa propre société de production et ses studios de cinéma, et réalise de nombreux films avec les grands acteurs du moment.

En 1946, il est élu à l'Académie française, il décide de se consacrer à la rédaction de ses Souvenirs d'enfance avec notamment « La Gloire de mon père » et « Le Château de ma mère ».

L'œuvre

« Jean de Florette » est publié en 1963. Il s'agit du premier tome de « L'Eau des collines ». « Manon des Sources » est la suite. En 1986 Claude Berri réalise « Jean de Florette », le film qui rencontre un grand succès. Le réalisateur obtient le prix de l'Académie nationale du cinéma et Daniel Auteuil, le césar du meilleur acteur.

II. RÉSUMÉ DU ROMAN

Nous sommes dans les années 1920 en Provence, dans le petit village des Bastides blanches. César Soubeyran dit le papet et son neveu Ugolin, sont les derniers descendants de leur famille, la « race des Soubeyran ». Ugolin rente de son service militaire et veut faire fortune, il a le projet de se lancer dans la culture des œillets et en informe son oncle.

Le papet sait que sur le terrain de son voisin, il y a une source qui constitue un véritable trésor pour les agriculteurs provençaux. Il s'agit du champ de Pique-Bouffigue aux Romarins. Mais ce dernier, occupé à tailler de branches pour faire des pièges, refuse de vendre son bien, ils se disputent et le Papet jette l'homme à terre. Ugolin et le Papet le laissent au pied de l'arbre. Il ne reprend conscience qu'après leur départ. Ugolin le croise quelques jours plus tard mais il ne se souvient de rien et meurt peu après.

Ugolin et le papet s'apprêtent à savourer leur victoire mais le terrain est transmis à Florette. Les deux Soubeyran bouchent alors la source pour que personne n'achète le terrain mais c'est sans compter sur la volonté de Florette de s'installer sur le champ.

En effet, Jean de Florette, un « bossu de la ville », décide de s'y installer avec sa femme et sa fille, Manon pour se lancer dans l'élevage des lapins nourris par des courges, baptisées coucourdes. Il est sûr de son projet car il en a étudié les statistiques.

Tandis qu'Ugolin sympathise avec eux pour pouvoir les surveiller et veiller à ce qu'ils ne découvrent pas la source. Avec son oncle, ils attendent que son projet échoue et qu'ils retournent en ville. L'élevage et les plantations de courge semblent bien partir.

Cependant, l'eau commence à manquer et la citerne des Romarins est vide. Personne au village ne semble disposé à aider les « nouveaux ». On leur cache volontairement l'existence d'une source sur leur terrain.

Florette doit faire tous les jours des aller-retour à la source du Plantier située à une heure de marche de là, avec un mulet chargé de bidons. Mais ce travail l'épuise et il se met à chercher de l'eau aux Romarins à l'aide d'une baguette de sourcier. Il entreprend plusieurs travaux et creuse un puits mais il est blessé mortellement au rachis cervical par une pierre.

Ugolin propose de racheter la ferme à la veuve pour huit mille francs, cette dernière accepte afin de rembourser les hypothèques contractées par son mari. Il lui accorde le droit de rester habiter dans la ferme. Il se rend sur son nouveau terrain et débouche la source sous les yeux de Manon, cachée dans un fourré.

III. ÉTUDE DES PERSONNAGES

Ugolin

Physiquement c'est un paysan petit, maigre mais large d'épaules et musclé. Il a les cheveux roux frisés et un seul sourcil en deux ondulations. Bien qu'il soit simplet, il représente pour le papet le dernier espoir de la « race des Soubeyran ».

Au début du récit, il rente de son service militaire et veut faire fortune, il a le projet de se lancer dans la culture des œillets et en informe son oncle. Cette idée lui vient d'Attilio qu'il a rencontré lors de son service militaire.

Il se concentre sur son rêve et veut tout faire pour y arriver, il refuse de se marier. Il pense que les femmes parlent tout le temps, qu'elles ne représentent qu'une bouche supplémentaire à nourrir et prennent toute la place dans le lit.

Obnubilé par son désir de faire fortune, il se laisse manipuler par son oncle et va jusqu'à boucher la source et cacher son existence à Florette, alors que celui-ci se tue à la tâche. Il espère qu'il retourne en ville pour lui racheter sa ferme.

Il fait semblant d'être ami avec les Cadoret, pour pouvoir mieux les surveiller. Il ne fait rien lorsqu'ils sont criblés de dettes et achète le terrain pour huit mille francs. Il accorde à la veuve et à Manon le droit de rester habiter dans la ferme. Il se rend sur son nouveau terrain et débouche la source sous les yeux de Manon, cachée dans un fourré.

Le Papet

Son véritable prénom est César, c'est un vieil homme et il est l'un des deux derniers représentants des Soubeyran, l'une des plus riches familles du village. Il ne veut pas que leur nom de famille disparaisse.

C'est l'oncle d'Ugolin et il pense que c'est son devoir d'aider son neveu à arriver à ses fins et à lui assurer la fortune dont il rêve. Pour y arriver il se montre manipulateur, cynique et sans scrupules. C'est lui qui a l'idée d'acquérir le terrain de Pique-Bouffigue aux Romarins car il sait qu'il y a une source.

Mais pour atteindre cet objectif, il fait plusieurs mauvaises actions. Tout d'abord il violente le propriétaire qui refuse de leur céder son champ. Puis avec Ugolin, ils bouchent la source pour que personne n'achète le terrain mais c'est sans compter sur la volonté de Florette de s'installer sur le champ.

Il encourage son neveu à « sympathiser » avec les nouveaux. Enfin il ne fait rien pour venir en aide à la famille Florette au bord de la misère. À la fin, il savoure sa victoire puisqu'il a finalement pu offrir le terrain tant convoité à son neveu.

Jean de Florette

De son vrai nom Jean cadoret, il est parti vivre en ville il y a longtemps. Physiquement il est bossu, il a une belle femme Aimée et une petite fille, Manon. À l'annonce de son héritage, il quitte la ville et son poste de percepteur.

Il décide de s'installer avec sa famille sur le champ pour réaliser son rêve, l'élevage des lapins nourris par des courges, baptisées coucourdes. Il est sûr de son projet car il en a étudié les statistiques. Mais l'eau commence à manquer.

On leur cache volontairement l'existence d'une source sur leur terrain. Florette doit faire tous les jours des aller-retour à la source du Plantier située à une heure de marche de là, avec un mulet chargé de bidons. Mais ce travail l'épuise et il se met à chercher de l'eau aux Romarins à l'aide d'une baguette de sourcier. Il entreprend plusieurs travaux et creuse un puits, mais il est blessé mortellement au rachis cervical par une pierre. Il laisse sa femme et sa fille dans une grande misère.

IV. AXES DE LECTURE

La place de l'eau en Provence

La nature provençale est le terrain de jeu du jeune Marcel Pagnol. À son habitude, l'auteur aime rendre hommage à sa terre natale. La description de la nature et des paysages est très précise. Encore une fois, Pagnol fait découvrir au lecteur les charmes de la Provence et les caractères des Provençaux en utilisant des expressions vivantes.

La nature joue un rôle important dans l'action du roman et sur les décisions et les caractères des personnages. En effet dès le début le lecteur est sensibilisé à l'importance de l'eau en Provence. Le titre « L'Eau des collines » est très significatif, on comprend rapidement qu'elle sera le sujet central du roman et au cœur de toutes les disputes. L'accès à l'eau et surtout à la source qui se trouve sur les Romarins constitue un véritable trésor pour les agriculteurs provençaux.

L'accès à cette source devient une obsession pour Ugolin et le Papet, ils ont besoin de cette source d'eau pour réaliser le rêve du neveu de cultiver les œillets et de faire fortune. Tandis que la réussite du dernier des « Soubeyran » tient particulièrement à cœur au Papet. Cette obsession les conduit à multiplier les manœuvres immorales comme la violence et le mensonge auprès des différents propriétaires des Romarins.

Sans eaux, les cultures ne peuvent survivre et son manque conduit la famille Cadoret à la misère. Mais à la fin du récit, les Soubeyran se rendent sur leur nouveau terrain et débouchent la source sous les yeux de Manon, on pressent le désir de vengeance de la jeune fille dans le second tome.

Le retour à la nature

Cette volonté de retourner à la nature est incarnée par le personnage de Jean de Florette. À l'annonce de l'héritage d'un terrain dans le petit village des Bastides blanches, il quitte son emploi d'inspecteur des impôts, pour faire un retour à la terre. Cette une démarche très courageuse mais non sans conséquences.

Il souhaite vivre heureux avec sa famille en communion avec la nature. Il rêve de cultiver sa terre pour pouvoir vivre de ses récoltes. Il revient pour cultiver « l'authentique ». Ce personnage peut paraître rêveur au premier abord puis il se montre de plus en plus déterminé. Il veut monter un élevage des lapins nourris par des courges, baptisées coucourdes. Il est sûr de son projet car il en a étudié les statistiques. Mais en tant qu'homme de la ville il va découvrir que les métiers de l'agriculture sont très durs et exigeants.

Il reçoit des conseils d'Ugolin qui tente en réalité de le dissuader de rester. Ce dernier lui montre les dangers et les possibles accidents auxquels il s'expose. À force de travail et de volonté, son élevage commence bien. Mais l'eau commence à manquer. On leur cache volontairement l'existence d'une source sur leur terrain. Florette doit faire tous les jours des aller et retour à la source du Plantier située à une heure de marche de là, avec un mulet chargé de bidons.

Malheureusement plusieurs éléments de sa personnalité comme sa détermination ou encore son enthousiasme lui seront fatals. Il ne renonce jamais à vivre son rêve. Epuisé par son travail de plus en plus pénible, il se met à chercher de l'eau aux Romarins à l'aide d'une baguette de sourcier. Malgré son obstination il ne découvre pas la source.

Des éléments tragiques

Jean de Florette est un héros tragique, quoiqu'il fasse pour trouver de l'eau, ses opposants, le Papet et Ugolin font tout pour l'en empêcher. Ils veulent le décourager et le pousser à leur solder son terrain et se montrent sans pitié. Ils le laissent dans sa misère et ne réagissent pas face à son entêtement. Chacun a une idée bien précise de ce qu'il veut et personne ne semble disposer à faire des concessions. Face à cet acharnement, il n'y a qu'une solution possible, l'épuisement jusqu'à la mort.

Jean de Florette entreprend plusieurs travaux et creuse un puits mais il est blessé mortellement au rachis cervical par une pierre. Il laisse sa femme et sa fille dans une grande misère. Personne n'aide les Cadoret, considérés comme des étrangers.

Ironie du sort, on découvre dans le tome suivant, « Manon des sources » que le Papet était le père de Jean. Rongé de remords, il écrit à Manon, lui explique tout et lui lègue tout ce qu'il possède, puisqu'elle est la dernière « Soubeyran ». Le Papet meurt la nuit suivante et Manon épouse l'instituteur.

Dans la même collection en numérique

Escadrille 80

Inconnu à cette adresse

La controverse de Valladolid

Les Vilains petits canards

Une partie de campagne

Cahier d'un retour au pays natal

Dora Bruder

L'Enfant et la rivière

Moderato Cantabile

Alice au pays des merveilles

Le faucon déniché

Une vie

Chronique des Indiens Guayaki

Je voudrais que quelqu'un m'attende quelque part

La nuit de Valognes

Œdipe

Disparition Programmée

Education européenne

L'auberge rouge

L'Illiade

Le voyage de Monsieur Perrichon

Lucrèce Borgia

Paul et Virginie

Ursule Mirouët

Discours sur les fondements de l'inégalité

L'adversaire

La petite Fadette

La prochaine fois

Le blé en herbe

Le Mystère de la Chambre Jaune

Les Hauts des Hurlevent

Les perses

Mondo et autres histoires

Vingt mille lieues sous les mers

99 francs

Arria Marcella

Chante Luna

Emile, ou de l'éducation

Histoires extraordinaires

L'homme invisible

La bibliothécaire

La cicatrice

La croix des pauvres

La fille du capitaine

Le Crime de l'Orient-Express

Le Faucon malté

Le hussard sur le toit

Le Livre dont vous êtes la victime

Les cinq écus de Bretagne

No pasarán, le jeu

Quand j'avais cinq ans je m'ai tué

Si tu veux être mon amie

Tristan et Iseult

Une bouteille dans la mer de Gaza

Cent ans de solitude

Contes à l'envers

Contes et nouvelles en vers

Dalva

Jean de Florette

L'homme qui voulait être heureux

L'île mystérieuse

La Dame aux camélias

La petite sirène

La planète des singes

La Religieuse

À propos de la collection

La série FichesdeLecture.com offre des contenus éducatifs aux étudiants et aux professeurs tels que : des résumés, des analyses littéraires, des questionnaires et des commentaires sur la littérature moderne et classique. Nos documents sont prévus comme des compléments à la lecture des oeuvres originales et aide les étudiants à comprendre la littérature.

Fondé en 2001, notre site FichesdeLectures.com s'est développé très rapidement et propose désormais plus de 2500 documents directement téléchargeables en ligne, devenant ainsi le premier site d'analyses littéraires en ligne de langue française.

FichesdeLecture est partenaire du Ministère de l'Education du Luxembourg depuis 2009.

Plus d'informations sur www.fichesdelecture.com

Notes :